Salvatore Maniscalco

Maghe cosmiche
Capitolo 1 – La pietra cosmica

Youcanprint *Self-Publishing*

Titolo | Maghe Cosmiche Capitolo 1 La Pietra Cosmica
Autore | Salvatore Maniscalco

Genere: Fantascienza
Copertina realizzata: Maniscalco Salvatore
Correzione bozze grammatica: Youcanprint.it
Diritti e copyright: Gema

ISBN | 978-88-92641-94-5

Youcanprint Self-Publishing
Via Roma, 73 - 73039 Tricase (LE) - Italy
www.youcanprint.it
info@youcanprint.it
Facebook: facebook.com/youcanprint.it
Twitter: twitter.com/youcanprintit

Contatti autore

Maniscalco Salvatore zornedingerstr,36
81673 Monaco di Baviera Germania
Tel:017639017317   sasam012000@yahoo.it

Prefazione

Milioni di anni fa due ragazzini preistorici nel cielo videro una meteorite di forma conica, proveniente all'universo.

incuriositi i due bambini, toccarono con mano la pietra gigante e un'energia attraverso i loro corpi.

Allora il potere veniva trasmesso da padre in figlio, fino a giungere nel futuro del 2100 gli ultimi rimasti della discendenza di Sam Cluny e John O'Brian.

Il dialogo tra i personaggi, il racconto fantastico vi porta nel viaggio in un lontano luogo futuristico, pieno di colpi di scena, magia, fantasia meraviglierà bimbi , ragazzi e adulti di ogni età.

Vi auguro una buona lettura.

Maghe cosmiche
Capitolo 1 La Pietra Cosmica

Tanto tempo fa, nella lontana preistoria dove domina-
vano i dinosauri, una meteorite dalla galassia omega
si avviava nel viaggio verso la terra.

In quello istante i due bambini Tom e Jim, si allonta-
navano dalla Tribù giocando nel prato.

Un fortissimo rumore e vento proveniente dal cielo li
blocca.
All'istante una forza ad'alta velocità precipita sulla
superficie terrestre creando un grande buco nero...era
la pietra cosmica.

Due bambini si trovarono distesi a terra addormentati.
Quando si svegliarono videro dinanzi ai proprio occhi, a pochi passa la grande pietra.

Incuriositi provarono ad avvicinarsi e toccarla,
un'energia di immenso splendore attraverso i loro
corpi; avvolgendoli in un aurora boreale.

I fanciulli corsero verso la grotta per raccontare cosa
hanno visto alle loro famigli, ma non credendo alla
storia dei fanciulli , i genitori l'ignorarono.

D'allora passarono milioni di anni , la scintilla divina cosmica veniva tramandata geneticamente da padre in figlio.

Ci troviamo nel futuro del anno 2100 nella città dove le macchine volano , i trini viaggiano con binari virtuali di colore luce blu, i robot parlano e lavorano al posto dell'uomo, i computer con video camera controllano tecnologicamente nell'aria e nello spazio gli spostamenti per avere maggiore sicurezza nei viaggi.

Un ragazzo di nome Sam Cluny abitava nella periferia di un quartiere modesto.
Gentile e generoso appassionato di elettronica e informatica lavorava per una industria automatizzata di batterie elettriche.

Ore 21:00 rincasa , apre la porta con una scheda magnetica e entra.

Sam Cluny : Selly accendi le luci!

Selly con voce sensuale: Si Sam , desideri altro?

Sam: Accendi schermo visivo(TV)!

Sally: Si Sam , desideri altro?

Sam: Al momento no.

Era una serata stupenda per rimanere a casa, perché oggi compiva diciotto anni.

Cosi si fece una doccia e decise di uscire a far una passeggiata; quindi prese la macchina volante e decollò.

Macchina volante: Prego indicare destinazione!

Sam: bar centrale sezione 1 guida automatica!

Macchina volante: Avviamento trasporto automatico!

Sorvolando tra il traffico , i grattacieli arriva nel posto indicato e atterra sul tetto dell'edificio , costruito con materiale di acciaio grigio e vetri blu.

Prese l'ascensore e ad alta velocità arriva al quarantesimo piano.

Le porte dell'ascensore si aprono e lentamente si avvia verso il bancone del bar.
Si siede e ordina un bicchiere di coca cola.

Il robot: Prego signore la sua bevanda!

Sam Cluny: Grazie!

Tenendo gli occhi fissati nel bicchiere , beve l'ultimo sorso e vede il suo riflesso nel vetro.

I suoi occhi luccicano di un bianco splendore , cosi il bicchiere gli scivola dalla mano,
sbattendo nel bancone fino a cadere rimbalzare a terra.
Accanto a lui , seduti due ubriachi fradici gli chiesero volesse bere un sorso di birra , ma Sam rifiutò.

Uno dei due si alzo e lo afferrò per il braccio dicendo tre volte:
ragazzo offriamo noi!

con voce irrequieta Sam risponde: vi ho detto che non mi va!
Con forza inspiegabile scaraventa il vecchio dietro il bancone , colpisce il robot barista che in tilt ripete per tre volte: Prego cosa desidera bere!
Prego cosa desidera bere!
Prego cosa desidera bere!

Dei giocatori di biliardo assistono alla scena e uno dei quattro il ciccione , corse verso
Sam nervoso : Ehi! Perché non ti metti con quelli della tua stessa taglia!
Cosi gli molla un pugno ma all' improvvisò , una bolla energetica ricopre il giocatore paralizzandogli il corpo.

I suoi tre amici accorrono in aiuto dicendo: Tu sei uno stregone,
O qualcosa di simile!

Vattene via dal nostro locale!

Sam abbassa la testa e innocentemente risponde: Non capisco cosa mi succede! Non sono stato io!

Entra in macchina e si reca a casa del nonno paterno per delle spiegazione.

Il vecchio gli dice: Di non preoccuparsi , bere porta alcune volte allucinazioni.

Nel frattempo nella stessa città , un ragazzo malvagio proveniente dalla stirpe di Gim studiava al college e faceva parte della stessa squadra nazionale di pallacanestro ,
USP Università Scienza Parapsicologia.

Il suo nome John O'Brian , anche lui diciotto anni compiuti.
Il padre , mister Bonny,presidente di una multinazionale , avaro e egoista , come il figlio, faceva soltanto i loro interessi economici e sociali.
Per arrivare al proprio scopi abbattevano qui unche.
Dalla profondità della terra emerge la pietra cosmica ; emanando raggi di luce bianca fulminea nel cielo.

Entrambi i ragazzi vengono colpiti della sua energia , il grande potere cosmico.

Sam per capire il mistero e le proprie doti , decide di frequentare la stessa università (U.S.P) di John O'Brian.

Mattino ore 8:00 Uni(U.S.P)

Il professore Jonathan Frost, spiega le teorie del comportamento degli oggetti in movimento(Poltergeist) e le applicazioni strumentali esistenti.

Il campanello squilla e studenti ,insegnanti si alzano per la pausa pranzo.

Nella mensa , una ragazza molto carina , bionda , affascinante , silenziosamente cammina con passi delicati , si siede di fronte a Sam.
Il ragazzo pensa: gli debbo parlare, cosa le dico!

Con voce dolce si rivolge alla ragazza: Non ho mai visto una studentessa carina!
Con gli occhi color mare!

La ragazza risponde: Grazie per i complimenti!
Nessuno mai mi ha fatto un complimento del genere!...

la campana suona due volte tliiii , tliiii

Janet:Adesso debbo andare, gli esami di maturità attendono!

Si alza , lasciando il pasto a metà sul tavolo sorridendo osserva continuamente Sam e esce dalla porta'della mensa'.

L'Uni chiude e Sam prese il veicolo volante e con rapidità si dirige a casa.
Una notte si trova nel suo letto , ed ebbe un sogno
strano una collina con alberi , fiori di una bellezza in-
descrivibile.
Una luce bianca splendente da lontano lo chiama ,
con voce gotica e decisa: Sammm! Sammm! Vieni da
me!
Completa il tuo destino! Il potere si é risvegliato in te!

Alla fine si sveglia di colpo , sudato e rimane con gli
occhi spalancati al soffitto.

La mattina seguente Sam si dirige nell'Università.
Come Sempre il professore dà lezione sul paranormale applicazioni e teorie.

In sala Sam si alza dalla sedia alzando la mano destra
Il ragazzo gli domanda: Professore, la realtà, i sogni
hanno un comune rapporto logico?

Jonathan Frost saggiamente risponde: Dipende il presente,passato,futuro si contrappongono in
una simbiosi nello spazio tempo! Il sogno si può in-
terpretare solo avendo un

indizio!Una prova concreta! Significa veritiera nella nostra realtà!

Fine lezione Sam si avvicina al professore.

Frost: Dimmi Cluny!

Sam: sono tre giorni che faccio un sogno strano!Una roccia di forma conica mi invita a
un potere a me sconosciuto!

Il professore: Ti voglio aiutare!
Ma per farlo dobbiamo entrare nella tua memoria!
Ho un rimedio al tuo caso!
Segui mi!
Ti mostrerò la mia invenzione!
scendiamo in cantina e vedrai!

Con tali cianfrusaglie , pezzi di rotelle , cavi elettici , sparsi di qua e di là non si riusciva a trovare nulla.

Professore: Ecco la mia scoperta, cinque anni di studi e tanta pazienza nel costruirla!
Sai fu bocciata dal reparto di scienza , perché non vo-levano che si leggesse la mente altrui!
Con un gesto rapido; tolse la tenda che avvolgeva la macchina.
Sam:É questa?

Professore: si!.... sono due palle di vetro , energia elettrostatica , collegate nella due cavità della sedia , che penetrano nei tuoi sogni o pensieri inconsci della tua mente!
Io la chiamo la macchina dei sogni!
Siediti! metti le braccia appoggiati e contemporaneamente le mani e le dita nelle due sfere, concentra il tuo pensiero al fatto accaduto! Adesso accendo la corrente!

Neanche detto una luce virtuale.

Mostra con immagini e suoni perfetti il panorama , gli in torni della collina con tutti i dettagli nello schermo.
La poltrona lievita, sospesa in aria per un paio di minuti , il giovane scienziato rimane sbalordito ed esclama: Non ho mai assistito a un evento del genere va oltre la mia comprensione!

Di scatto la poltrona ritorna a terra.

Professore:Dobbiamo approfondire!
Domani ci vediamo in biblioteca e faremo una accurata ricerca, se realmente esistete il posto e la roccia!

Sabato mattina ore 09:30

Sam: Salve prof, Già all'opera!

Professore:Aiutami a cercare negli scaffali per lettera , almeno troviamo subito le informazioni interessate!

Sam: ok inizio la ricerca!

Una montagna di libri , su rocce , meteoriti , pietre giganti , si accavallavano sopra la scrivania dei ricercatori , ma nulla trovarono , il tempo trascorreva.

L'orario di chiusura della biblioteca si avvicinava.
Le lancette dell'orologio segnavano le 20.00.

La bibliotecaria : stiamo per chiudere , le concedo massimo dieci minuti , dopo di che spegnerò le luci!

Disperati, esausti, stanchi,con la testa sul tavolo,Sam avverte una voce mistica

chiamarlo: Sam Cluny !!! Sam Cluny!!!
Sam!!! Guarda davanti a te!!!

Il ragazzo alza la testa lentamente e osserva il professore sdraiato sul tavolo , si avvicina a libro scintillante , come per magia le pagine si aprono , con velocità elevata il grande volume di pietre spaziali , fermandosi a una immagine , una pietra incastrata nella terra.

Sam: Prof! Prof! Sveglia ho trovato , guardi!

Il professore meravigliato esclama: Wow che luce incandescente!

Sam: osservi da vicino!

Il professore: Hai ragione, è vero , esiste!
Identica al sogno , oggi parlo con preside e chiedo il permesso per assentarmi un giorno! sono curioso!
Partiremo domani mattina, all'avanscoperta della roccia sull'isola Taylor!

É un mattino di agosto , piena estate , gli uccelli cantano , il sole é meraviglioso da osservare , una macchina si avvicina alla dimora del nonno.

Il professore urlando: Cluny sbrigati , dai facciamo tardi per l´imbarcazione!

Sam: Ciao nonno abbi cura di te!

Nonno David: Anche tu nipotino!
Mi raccomando torna sano e salvo!

Il ragazzo correndo con lo zaino si dirige in macchina e insieme al professore , partono verso la loro destinazione.
Arrivati si intravede un grande battello , con moltissima gente che si affretta a salite , mostrando la scheda magnetica di viaggio , Jonathan Frost e Sam Cluny salgono per ultimi.

La gente saluta i parenti e amici.

La nave costruita con motori sub atomici , inizia la manovra con rapidità elevandosi dall'acqua si allontana dal porto

Sam:Vado a farmi un giro di perlustrazione!
Questa battello confortevole e stabile avrà un bar tecnologico!

Frost: Vai! Io rimango qui a gustarmi il panorama!
Sam si accosta a un marinaio chiedendo dove sia il bar.
Il marinaio con un cenno delle dita: Guardi lì! Davanti a lei!
Quella è la cabina cerchiale tele trasporto!
Entri e la porterà al quinto livello della nave.

Sam: Grazie!

Dentro la cabina tele trasporto.

Computer: specificare livello!

Sam: livello cinque!

Computer: tele trasporto in,cinque secondi!
5..4..3..2..1..0
La ringraziamo di aver scelto vivitel teletrasporti!

In un batter d'occhio , si trova dinanzi al bar fa un passo fuori dal cerchio , osservando uno dei tanti tavolini tra la folla e vede Janet , si avvicina meravigliato dicendo: Ciao! Cosa ci fa qui!
Una ragazza sola!

Janet:ero nascosta dietro la porta! Ho ascoltato la vostra conversazione in laboratorio , é incuriosita mi sono chiesta:perché non partecipare? Sempre che tu non abbia nulla in contrario!

Sam: Bene! Una figura femminile istruita nel viaggio! Può essere utile!
Io mi chiamo Sam e tu?
Janet!
Ben venuta tra noi!

Janet:Grazie!

Sam: Vieni che ti presento un amico!

Scendono al piano terra teletrasportarsi al livello 1.

Sam:Prof le presento Janet!

L'insegnante: Piacere é mio buongiorno!

La ragazza:Professore! Sa che sono Sempre rimasta colpita , delle due teorie , libri di storia del paranormale!

Sono incantata dalle sue espressioni sulla scienza.

Frof: Ti ringrazio!Ti auguro una buona permanenza sulla nave diretta all'isola Taylor.

Sam:Aspetti un attimo anche lei verrà con noi!

Professore: Non sappiamo cosa ci potra accadere nell'isola! Ma ti do la benvenuta!

Si fece buio , il microfono annunciava: Tutti in coperta , una forte nebbia si abbatterà sulla nave!

Si sentivano degli ululati lontani e il battello continuava nella traiettoria.

Finalmente venne il giorno , il sole splende nel cielo gli uccelli cinguettano, il comandante annuncia al microfono: Stiamo per arrivare all`isola di Taylor!
Vi preghiamo di prepararvi ascendere , a nome dell'equipaggio vi ringrazio di essere stati con noi!

I viaggiatore sbarcano un spiaggia con i loro bagagli.

Il professore a con sè una boraccia , una valigia con gli strumenti di rivelazione energetica.
Vicino alla riva si intravede un hotel , la gente si affretta a tele trasportarsi compresi Janet , Sam e il professore.

Lasciano i vestiti e le valigie al facchino robot e chiedono al diretto informazioni sull'isola , annotando tutte le domande e risposte equivalenti alla storia Taylor.

Presero il necessario , l'indispensabile per la spedizione e si avviano nell'atrio , dove vengono teletrasportati in, nuovamente in riva.
Da lì cominciarono a camminare per le paludi, attraversando il fiume Mimei con coccodrilli , serpenti striscianti sopra gli alberi, uccelli rapaci che osservano durante il cammino , sperando in un pasto crudo.

Gli avventurieri videro un'ombra che si avvicinava lentamente.

Si trovarono di fronte un grande lupo bianco di dimensioni enorme ; con pelo liscio di una bontà e bellezza rara.

Il lupo con voce limpida:Ti stavo aspettando Sam Cluny!In quando a voi il cammino termina qui , solo il ragazzo é l'erede della fonte cosmica! Sam concentrati! Usa il potere dentro di te!
Prendi il libro indicatore!
Pensa intensamente di essere dinanzi alla pietra cosmica!

Janet: Non ti lascio andar da solo! Voglio venire con te!

Professore: La mia radio rivelatore di energia!
Segnala che il lupo abbia una simbiosi magnetica
identica al ragazzo! Lascialo andare!
Il mio istinto mi dice che non gli succederà nulla!
Dio sia con lui!

Sam chiude gli occhi , all'istante una luce lo avvolge
e appare in un prato verde descritto dalla foto del libro , di fronte una grande pietra splendente che lo tra-
sforma pura energia.
John O'Brian a casa ,essendo collegato con il potere
cosmico , diviene pure lui energia pura.
Il padre e gli oggetti nel salotto rimangono sospesi in
aria per un paio di minuti.

Il padre: Fammi scendere soffro di vertigini!
John col pensiero ingarbugliatamente mette a terra
ogni oggetto ed
esclama: Adesso so la verità!
mi è chiaro tutto , compreso da dove proviene il mio
potere!
Addio padre forse ci rivedremo!
Come un fulmine sfonda il tetto e vola nel cielo , lasciando una energia grigia.

mister Benny gridando: John torna indietro non la-
sciarmi solo , John!

Nel frattempo Sam ; acquisì una forza soprannaturale
così potente che un'ondata di vento fece rifiorire alberi e fiori velocemente , gli occhi di Sam Cluny scintil-
lavano talmente tanto di bianco che la forza universale illumina il corpo del ragazzo.

La pietra cosmica si solleva da terra, girando veloce
produce un grande ciclone:di fulmini, lampi che col-
piscono la collina. sottostante.

La voce proveniente dal cielo disse: entrambi siete
pronti, per donare al genere umano, un futuro miglio-
re che verrà trasmesso da generazione in generazione
da padre in figlio!
Ogni cento anni il potere si sveglierà, come accaduto
a voi oggi!

All'improvviso la pietra cosmica prima lentamente
dopo velocità della luce sparisce , dalla visuale di
Sam lasciando un cielo sereno.

Sam Cluny con forza del pensiero appare a nonno di-
cendo:non preoccuparti sarò Sempre vicino a te,
al tuo fianco!
E quando avrai di bisogno per qualsiasi motivo basta
che pensi a me!

Il suo corpo splendente di luce S'innalza dal terreno
lentamente, magicamente si tele trasporto nello spazio

, nell'apparire osserva l'oggetto misterioso incandescente , che si dirige a velocità elevata verso di lui.
Sbatte contro una meteora grigia.

Il ragazzo riprende i sensi e gli domanda:perché mi
fai questo , cosa ti ho fatto di male?
Ti nascondi? Chi sei? cosa vuoi?

Sono John O'Brian! soltanto uno di noi è degno del
potere universale!
Preparati ad andare dal Creatore!
Sam:non permetterò che il tuo egoismo distrugga il
cosmo!
John:Io comando che rocce si muovano!

Con un cenno delle mani, lancio gli ammassi di pietra
contro O'Brian,ma Sam concentrandosi riuscì disin-
tegra gli ammassi rocciosi.
John provo di nuovo ad attaccare con tutta la sua po-
tenza , lancio una massa energetica , ma Sam La de-
vio spostandosi velocemente a destra.

Sam: mi hai stancato adesso vedrai la mia furia! Nel
nome delle antiche leggi universali , chiamo in appel-
lo il buco nero che ti imprigioni!

All'improvviso un grande cerchio nero apparve sopra
la testa di John.
Dissolvendolo nello spazio.

John:Nooooooo! Ritornerò un giorno!
Mi vendicherò ci puoi giurare!

Sam Cluny irrequieto ma sicuro di sé:Attenderò con
ansia la tua venuta!
Nel frattempo ti auguro un lunghissimo viaggio!

D'allora passarono tre anni e Sam si laureo e decise
insegnare all'Università di scienza parapsicologia.

Si fidanza con Janet e dopo nove mesi nascerà una
bambina di cui daranno il nome Aurora.

La bimba porterà speranza luce al mondo , sarà salvezza dell'intera umanità.
Alcune volte nella culla della sua stanzetta col pensiero della mente alzava gli oggetti che, a sua volta ri-
tornavo lentamente a terra.

Janet era una mamma premurosa e affettuosa le com-
prava tutti giocattoli pur di farla felice.

Un giorno d'estate la famiglia prende la metro,(treni
MTT sospesi in aria) Janet si reca con la bimba all'u-
niversità, dove insegna Sam e Col cenno indica: Ho
trasmesso il potere senza che io volessi!
Sarà in grado di compiere meraviglie fuori dal normale!
Dobbiamo istruirla , educarla indicare la retta via , se
non vogliamo vedere il mondo cadere in rovina!

Janet:Vedrai crescerà bene non gli mancherà l'affetto e l'educazione!

Usciti dall'aula papà , mamma e la bambina attraversano il corridoio e quadri le foto di gruppo appese alle pareti iniziano a prendere vita, la bambina informa genitori di essere osservati e corrono verso l'uscita.

Dalla più profonda e remota galassia O'Brian trova una via d'uscita , si libera dal vortice nero che lo tiene prigioniero da lunghi anni.

Ritorna sulla Terra si sposa con Anna una donna acida di carattere è dà alla luce quattro figlie.

O'Brian per volere della pietra cosmica, trasferisce tutto il suo potere alle figlie.

La prima la chiamano Betty di undici anni , la seconda Jenny di dodici anni , la terza Sophie tredici anni è la quarta la maggiore Emi diciassette anni ; La più aggressiva.

Nel frattempo tornando all'atrio dell'Università , la famiglia O'Brian si affretta a teletrasportarsi sotto casa.
Uscendo dalla cabina la bimba si allontana dai genitori, raccoglie un fiore e conta i petali.1. 2.3.4.5

La mamma: non ti allontanare, la giornata non mi
Sambra bella, il vento soffia un po' troppo!

Aurora : va bene mamma!

La mamma: prima che piova, rientra in casa! Ok!

Aurora va bene ma!

A un tratto dal nulla , appare una bolla bianca che
sprigiona scintille,di scatto rinchiude Aurora allonta-
nandosi rapidamente, entrambi genitori guardo a bocca aperta, fin quanto non sparisce nel cielo.

Janet piange:Cosa sta accadendo alla nostra bambina
cos'era quella cosa?

Sam si rivolge alla moglie sicuro di sé:Ecco! Il pro-
cesso di selezione è iniziato!
Credo che la nostra bimba dovrà avventurarsi per un
lungo viaggio e noi non possiamo farci nulla!

In quello stesso istante quattro bolle racchiudono anche le figlie di O'Brian oltrepassando ad alta velocità
il cielo nuvoloso.

le cinque bambine dentro le loro bolle protettrici
energetiche man mano si allontanano, la terra rimpic-
ciolisce.

Oltrepassano il sole, i pianeti, le galassie e costellazioni,si avvicinano nel buio dello spazio e intravedono una luce splendente che a sua volta a gli occhi Sempre più grande.

Alla fine del viaggio si trovarono dinanzi la pietra cosmica che comunica loro:salve a voi ragazze! Avete molte domande da pormi! Dopo anni di lunga attesa finalmente siete arrivate al mio cospetto!

Io sono l'Essere Supremo sin dai tempi della creazione dell'universo stesso , inizio e fine, alfa e omega! Esisto sin dal primo germoglio stellare!

Io ho scelto di donare il mio potere immenso ha degli umani che tramandando l'essenza da padre in figlio, portassero pace e serenità! Voi oggi siete i prescelti! Così come è stato per i vostri predecessori, predisposti ad acquisire il grande flusso universale del immenso!
Fatene buon uso!

In men che non si dica cominciarono a brillare fino assorbire la forza cosmica , che divenne tutt'uno con le ragazze.

All'istante, oltrepassando galassie e pianeti furono catapultate sulla terra alla velocità luce.

Da quel momento le cinque figlie delle Stelle presero controllo delle loro facoltà , ritornando alla loro forma naturale umana , sorvolarono le nuvole e il sole emanava raggi luminosi.

le figlie O'Brian attraversano il sottosuolo , oltrepassando lo spaziotempo, al centro della Terra, finirò In un paese parallelo chiamato dagli abitanti del posto Justin.

in armonia e collaborazione coltivano la terra , ognuno aveva la propria casa in collina con prati Verdi, Sembrava essere in paradiso, nel giardino dell'Eden.

Il loro lavoro era la costruzione e la coltivazione della terra e il miglioramento del paese.

La forza di gravità donava agli abitanti il dono del volo è della telecinesi, ogni oggetto e materia veniva sollevato senza alcuno sforzo.

Le ragazze si guardarono attorno, poi vedono un contadino che alza le caraffe con la forza del pensiero innaffia le piante.

Jenny:In quale posto ci troviamo?

Piro il contadino risponde: siete nel mondo incantato dov'è Il tempo non conta nulla!
Io ho duecento anni nel vostro mondo!

Noi viviamo in pace sin dai tempi antichi!

Emi parla con sua sorella Betty: perché il nostro grande potere ci ha portato in questa terra che non appartiene a noi?

Betty: si tratta di un fatto inspiegabile, un'attrazione energetica ci ha condotti qui.

Jenny: sorelline troveremo sicuramente una via d'uscita! Non preoccupatevi!

Emi:ma allora siamo intrappolati in questo villaggio incantato!

Il contadino risponde: esatto! Anche se il tempo per noi non ha valore come ho gia detto, ogni dieci anni si apre un varco che vi riporterà nel vostro mondo!
Questo significa che fino ad allora dovrete rimanere qui!

nel frattempo nel pianeta terra nel cielo Aurora con rapidità , raggiunge la casa del nonno impegnato ad arare il piccolo giardino.

Nonno: figliola! Che fai da queste parti?

Aurora: sono venuta per raccontarti il mio lungo viaggio!

Nonno: quale viaggio?

Così la ragazza e svela il suo potere raccontandogli dove sia stata.

Nonno: anch'io e tuo padre eravamo come te destinati a una grande avventura ma, adesso tocca a te aprire gli occhi alla gente, portare avanti il volere della pietra cosmica.

Aurora: mi è chiaro e capisco il significato del dono che porto! Ti saluto nonno David, torno da papà e mamma!

Nonno: ciao piccola Mia abbi cura di te!

Sollevandosi da terra con cenno della mano saluta il nonno.
Sorvolando i tetti si accorse di un incidente.

un pullman di bambini è rimasto bloccato nella corsia dei binari del treno.

I bambini gridavano disperatamente aiuto.

Aurora scese in picchiata avvicinandosi i suoi occhi sprigionavano un energia bianca , riuscendo così con la telecinesi a sollevare il pullman , portandolo in strada al sicuro.

Senza farsi notare sì risollevò nell'aria.

Chiuse gli occhi e in un attimo appari a casa dei suoi genitori.

Sam e Janet si voltarono sorridente verso la figlia e corsero per abbracciarla.

Janet: dove sei stata? Stai bene?

Sam: spero Aurora come il nonno ci ha raccontato non devi intraprendere un altro viaggio ci siamo preoccupati tantissimo per te,lo sai?

Aurora:sapete ero dal nonno,e nel tornare da voi, ho salvato un pullman carico di bambini rimasto intrappolato nelle rotaie del treno!

Mamma:ho una figlia eroe sono fiera di te!
Aurora: padre! Dammi un consiglio?

Papà: segui il tuo destino , che si sta per compiere , così come accadde a me! Dovrai affrontare delle azioni molto più grandi di te , portare alla salvezza umanità!

Ormai figlia sei adulta senti, il tuo potere e il limitato
,enorme.
Affronterai molti pericoli e saprai come uscirne illesa!

Aurora: grazie Padre non ti deluderò!

Ritornando al paese incantato, le quattro ragazze aiu-
tavano i contadini del villaggio Justin ; il loro potere
permetteva la frutta di cresce velocemente: mele, ba-
nane, albicocche, fiori ,alberi.

Gli abitanti fieri del raccolto, ricompensarono con una
feste danzante le ragazze.
Dolcetti , tortine arricchivano tutte le tavolate.

Si fece sera le luci del villaggio si spinsero è una delle
quattro sorelle fuggi di corsa.
la più crudele e malvagia Emi.

si rifugiò in una montagna e con la sua forza oscura
data dal potere cosmico costruì un castello di piante
rampicanti, trasformò insetti , animali in esseri intel-
ligenti a grandezza D'uomo.

Una lucertola diede il nome "generale". (Il generale
delle sue armate).

Due millepiedi diede il nome "Drag". "Dreg". (I suoi
Consiglieri).

Migliaia di formiche giganti (grandi quanto un elefante)

Emi essendo invidiosa è gelosa, il chiodo fisso della regina era sterminare il popolo incantato e imprigionare nel buco nero le tre sorelle buone,compresa Aurora e impadronirsi dei Due Mondi justin e la nostra terra.

Sottomettendo chiunque osasse non obbedire ai suoi ordini.

Dall'ora furono anni di assedio, prigionia, tutti avevano paura, solo a sentire nominare il nome Emi tremavano.

Nello spazio la pietra cosmica brillava , e si mise in contatto con Aurora telepaticamente dicendole:si sta per compiere il tuo destino recati in un villaggio di una dimensione parallela di nome Justin.

Concentrati con esattezza nel nome Justin e sarai teletrasportata direttamente nel paese incantato.

Aurora chiuse gli occhi , delle scosse uscirò dal suo corpo,lei prima scomparve; poi riapparve un istante dopo nel bosco del paese delle meraviglie.

Incamminandosi nel sentiero ; senti delle grandi farfalle enormi che parlano tra di loro.

Si avvicinò e chiese: qual è la direzione per il villaggio Justin?

La farfalla rispose: sali sul mio addome ti ci porto io!

Aurora: guarda che io so volare come te! (Sorridendo) Andiamo insieme ti seguo!

La farfalla: ok!

Presero il volo, oltrepassarono il bosco osservando dall'alto gli alberi si intravedeva un prato pieno di fiori di svariati colori. Entrambi scendono lentamente.

La farfalla: ecco siamo arrivati dolce fanciulla! Il nostro viaggio si conclude qui!

Aurora: grazie farfalla! Spero di vederti di nuovo!

La farfalla: se hai bisogno batti le mani due volte, le onde sono percepite dalle mie antenne e io mi presenterò a te!

Aurora: grazie di nuovo! Ti auguro una buona giornata!

Velocemente corre attraverso il prato e in un attimo arriva a destinazione.

Ma l´attente una sorpresa: il villaggio é deserto , la gente si nasconde nelle proprie case per timore.

Aurora grida a squarciagola c'è nessuno? dove siete tutti? Cosa è accaduto, perché vi nascondete?
Non voglio farmi del male! Fatemi vedere!

una contadina avvolta nell'ombra chiude la finestra di casa.

si sente soltanto il rumore del fruscio del vento; all'improvviso la ragazza vede un'anziana signora uscire da una taverna(osteria di basso livello arredato in stile rustico)

Aurora: mi scusi! aspetti! ho bisogno di risposte cos'è accaduto al Villaggio?

ma la signora continua ad andare di fretta.

Aurora si avvicina alla contadina e le appoggia la mano nella spalla: si fermi le ho detto! Non lo ripeterò un'altra volta!

La vecchietta: lasciami andare!

Aurora:perché?

L'anziana:Figlia mia in questo villaggio soccombe una disgrazia,una maledizione!

Aurora:In che senso si spieghi!

Anziana: Vieni in casa mia, seguimi ne parleremo con calma! Qui fuori è molto rischioso!

L'anziana offrendo una tazza di tè davanti al camino col fuoco acceso, racconta l'accaduto:come te nel villaggio sono arrivate quattro sorelle del mondo parallelo, la terra.
Una di esse e la malvagia creatura del male che distrugge e rapisce
I cittadini di Justin!

Aurora saluta l'anziana signora e sente una campana suonare all'unisono.

Chiude la porta ed esce fuori nel piccolo vialetto
(sentiero erboso che attraversa parchi e giardini)
girando lo sguardo verso le formiche giganti, lei si nasconde dietro un lampione, ma una delle formiche l'aggredì.

Si innalza nell'aria e guarda attentamente i loro movimenti.

Osserva le creature nere entrare nelle case e rapire la gente.

essendo tantissimi gli insetti che deve combattere, Aurora decide di aprire una grande varco nella terra, quindi con la forza del pensiero riesce a catturare gli insetti facendo gravitare tutti all'interno del buco per poi richiuderlo imprigionando lì dentro.

Gli abitanti vedono il miracolo e iniziano a uscire dalle loro case.

Un uomo disse:non so come hai fatto ma a nome di tutti ti ringrazio!
Tutti ah eco ripetevano grazieeeeee!

Aurora lusingata:Basta adesso con i ringraziamenti, piuttosto! perché non avete reagito, alla crudeltà che vi teneva prigionieri?!

Gli abitanti:Prima che arrivassi tu, noi tutti vivevamo con la paura, ma adesso! Ci hai dato la speranza che le truppe della regina possano essere sconfitte!
Il pastore: tu sei la nostra salvezza ma attenzione la perfida regina ha un grande potere.

Aurora: cercherò di stare attenta non vi preoccupate!

Nel frattempo Emi nel suo castello, osserva dal suo stagno, nell'acqua, rispecchia l'immagine delle formiche che cercano di uscire dal buco che le imprigiona.

Infuriata chiama i due consiglieri Drag e Dreg.

Rinfacciando loro:ho donato voi la saggezza è la sapienza, dovete trovarmi un rimedio, una soluzione adeguata, su come eliminare la straniera!

Drag: mia superba malvagia Signoria la ragazza venuta dal mondo degli umani allo stesso suo dono, così come le vostre sorelle!

Dreg:Voce da serpente viscido: sì è potente! Porta l'energia cosmica con se!
Dobbiamo ucciderla farla sparire per Sempre!
Emi: generale raduna il formicaio tra quattro giorni attaccheremo il villaggio! Questa volta nessuno potrà sopravvivere alla mia ira!

Generale: sì ai vostri ordini mia regina! Sarà fatto!

Dal cielo le nuvole si aprono e da uno spiraglio di luce si intravedono le tre sorelle buone.

Betty,Jenny,Sophie che atterrano proprio davanti agli occhi di Aurora.

Betty: salve proveniamo dalla montagna dell'Est!

Sophie: abbiamo atteso per anni la tua venuta Aurora!

Betty: nostra sorella è impazzita di potere! vuole conquistare il popolo di Justin e la terra questo è il suo obiettivo!

Noi tre senza il tuo aiuto non possiamo fermarla, perché lei e immune ai nostri poteri, ma tu puoi Aurora! Tu fai parte della famiglia Cluny! Possiedi la stessa fonte!

Sophie: la nostra energia ci ha avvisati, tra circa quattro giorni nostra sorella attaccherà il paese! Per cui ti dobbiamo preparare , istruirti a scoprire come maneggiare totalmente il tuo potere!

Nel villaggio in quei giorni, la vita scorreva regolarmente, della nebbia e paura aleggiava nell'aria speranza e libertà.

Nel frattempo la regina malvagia, traccia un cerchio pentagrammato entro dentro adesso inizio a invocare lo Spirito del male della stregoneria , acquisendo così ulteriore potere,oscuro.

Si tramutò in una creatura nera con orecchie a punta , Occhi rossi, avvolta da un mantello scuro che le ricopriva il ripugnante volto.
Le sorelle iniziano a insegnare ad Aurora le prime pratiche.

Mattina si intravede l'alba.

Sophie: Abbiamo poco tempo! dovrai imparare in fretta! oggi ci alleneremo con la padronanza della materia: fuoco,acqua,terra,aria,telepatia,telecinesi, teletrasporto, volo alta velocità, conoscerai radicalmente tutto il potere e saprai controllarlo completamente!

Sophie:Ti faccio vedere come lanciare una fiamma incandescente!

Aurora:Provo a imitare il gesto!

ma al primo colpo non ci riesce, secondo, la fiamma sbriciola la pietra creando un passaggio sotto il terreno.

Sophie:Brava ci sei riuscita credo che il tuo potere sia addirittura più potente del nostro, messi insieme!

Aurora: grazie Sophie! Le tue parole mi incoraggino ad andare avanti!

Sophie:Non montarti troppo la testa, adesso passiamo al sollevamento della materie!

Quei due pesci talpa, concentrati e solleva lì!

Aurora chiudi gli occhi per un attimo , poi una volta riaperti, riuscì a sollevare dall'acqua tutti i pesci che scodinzolavano nell'aria.

Sophie meravigliata più che mai: come sei esagerata ho detto due pesci e non tutto il lago! Comunque brava!

Andiamo avanti, visto che sei pronta adesso! Prova ad alzare quella montagna!
Aurora abbasso la testa per un minuto e quanto i suoi capelli fluttuavano nell'aria, il suo corpo avvolto da un luccichio,in breve tempo la montagna fu sospesa per poi tornare al suo posto.

Sophie: Complimenti! Vedo che hai raggiunto il livello massimo!

Adesso sei pronta per affrontare la malvagia Emi!

Sophie:Vieni facciamo visita a una vecchia signora!
Sorvolarono il paesaggio fino ad arrivare nella casa di una contadina, Atterrano davanti la porta e bussarono, l'anziana apri la porta sorridendo e disse: quale buon vento ti porta da me?

Sophie: siamo venute per sapere dove abita la malvagia Emi dove si nasconde?

la vecchia di spose:La troverete nella montagna bianca, adesso per il buio totale ha preso nome della montagna nera, appunto perché è macabra, piena di trappole, ideate dalla regina nera!

Aurora:Quale strada breve esiste per arrivare?

La contadina prese la penna d'oca, la bagnò nell'inchiostro e la mappa segnò la croce e la diede a Sophie che con un tocco di mano la trasformò in una mappa magica segnando la posizione attuale.

Sophie:Questa cartina ci segnala la strada da percorrere, indicandoci inoltre la posizione esatta in cui ci troviamo!

Aurora:Non esiste una scorciatoia breve per arrivare?

L'anziana:L'unico modo per arrivare in fretta! Passare attraverso quella energia triangolare nel cielo che vedete sopra la vostra testa! Vi porterà all'istante nel castello!
ma attenzione! fino a ora solo la regina è riuscita a entrarvi e uscirne illesa!

Sophie :In che senso non capisco!

Aurora:Nemmeno io!

l'anziana signora spiega:L'ultimo che ha provato a varcare la soglia del sigillo si è disintegrato svanendo nel nulla, senza lasciare alcuna traccia!

Aurora:Allora prenderemo la via più lunga è pericolosa!

intanto nel castello Emi devo preparare le sue truppe addestrando i soldati formica, nel combattimento delle armi dando loro il dono di lanciare lampi elettrici dalle antenne.

Emi:Il mondo parallelo sarà mio! Tutto mio! Io governerò i due mondi! Nessuno mi fermerà! Generale raduna tutti gli insetti! Porta lì nell'atrio!
Miei sudditi oggi siete pronti a conquistare il paese Justin? a sottometterlo al mio volere!
E dopo aver vinto questa guerra, conquisteremo l'intero pianeta Terra e anche l'universo siete pronti dunque?
Le formiche gridando con fierezza: Sì nostra Regina!

Si misero in marcia e la regina sedeva su una carrozza nera volante.
le formiche cavalcavano l'aria correndo a velocità e oltrepassarono il mantello di energia, uscirono dal triangolo, trovandosi dinanzi il paesaggio, distrussero il villaggio uccidendo bambini e abitanti.

Ma un piccolo gruppo si salvò fuggendo verso sud.
nello stesso attimo Sophie e Aurora si dirigevano alla montagna nera che neutralizza i loro poteri.
Si incamminarono nel sentiero morto.

Delle ombre nere giravano attorno al loro, sussurrando:Vi aspettavamo! Vi aspettavamo!

Sophie:Ho sentito parlare al villaggio di questo posto desolato!
Ti dirò questi creature fantasmi si nutrono delle nostre paure, si impossessano del corpo degli avventurieri che rimangono bloccati per Sempre qui!

Perciò pensa a qualcosa di bello, se non vuoi essere risucchiata dalla tue paura!

Aurora:Va bene grazie di avermelo detto!

Sophie Insistendo:Ricorda!pensa qualcosa di positivo! Non sto scherzando!

Aurora:Starò attenta non ti preoccupare!

All'improvviso un'ombra si avvicina ad Aurora sussurrando:Sei mia! Sei mia ragazzina, ricordi la mamma che ti castigava nello sgabuzzino! Non fare alcuna resistenza, tu ti unirai a vagabondare come un'anima smarrita sarai una di noi! Guardami negli occhi!
Sophie piangendo: Vi supplico lasciateci in pace!

Aurora:Pensa a un ricordo felice, é sconfiggerai il fantasma ombra dalla paura!

Così Aurora ricordo il padre che gli veniva incontro in una spiaggia dalla sabbia brillante, il mare con le onde meravigliose e il cielo blu, in cui il sole splendeva

le ombre si allontanarono, loro proseguirono il viaggio.

La seconda prova che attendeva le due ragazze la via dei trenta specchi.

dovevano attraversare il viale senza guardare gli specchi chiudono gli occhi, si incamminano, proprio all'ultimo specchio Sophie aprì le palpebre e fu risucchiata.

Aurora ormai fuori pericolo , apre gli occhi urlando: dove sei Sophie?

Sophie: sono imprigionata!

Così l'amica venne un'idea si mise a gridare:Haaaaaaaaaaa

Gli specchi di colpo a catena si ruppero e Sophie uscì dal vetro arrotolandosi bene sbatte sull'asfalto, Aurora si avvicinò inchinandosi le diede la mano alzandola da terra.

Aurora:Stai bene, sei tutta intera?

Sophie:Per un attimo ho creduto di essere perduta! Mi hai salvata, tu sei una vera amica, grazie!

Aurora:Non potevo continuare il viaggio da sola, su col morale!

dopo tante trappole, prove da superare le due avventurieri si trovarono davanti a castello grigio, videro a guardia sul tetto due avvoltoi dagli occhi rossi che osservavano ogni loro movimento.

Il castello Sembrava una casa dell'orrore, tutto avvolto da piante rampicanti.
bussarono alla porta tre volte ma nessuno rispondeva.

All'istante la porta si spalanca d'incanto, ed entrano,dinanzi a i loro occhi una scala a chiocciola, negli angoli del castello mobili antichi pieni di polvere e ragnatele.
Sophie disse:Sei sicura di proseguire a me questo posto dà i brividi!

Aurora:Anche a me! Ma non sei curiosa di sapere cosa troveremo alla fine?

Sophie: io ho paura!

Aurora prese la sua mano con forza: dai andiamo non mi va di tornare indietro dopo tutta questa strada!

Sophie: vacci piano! So camminare da sola!

Aurora: facciamo così, io vado avanti tu mi segui! ok!

con voce intimorita Sophie: Sì certo!

Salento tutti i gradini della scala a chiocciola arrivano a Piano di Sopra e le candele si accendo all'istante.

Emi oscura signora col viso coperto da un cappuccio, un mantello di velluto nero lucido come un serpente:Vi aspettavo, amiche mie!

Aurora: chi sei mostrarci il tuo volto!

Emi con voce acuta: non posso farvelo vedere, perché nel caso vi dovrei togliere la vita!

Ma posso dirvi che il villaggio è stato distrutto! Siete in ritardo per i festeggiamenti!

Aurora:Maledetta strega!
Sophie:Se solo avessimo i nostri potete potremmo combatterla, è troppo potente per noi!

Detto fatto un energia avvolge Aurora così anche Sophie, un buco bianco è apparso nel tetto dice:Non abbiate timore!
Io veglio su di voi!

affinché possiate combattere per una giusta causa!
Io vi restituisco il grande potere cosmico!

Delle scosse energetiche penetrarono Il corpo delle
due ragazze fino a renderlo luminoso e abbagliante, la
regina nera volta le spalle dalla luce.

Di scatto si sollevò con una furia scatenata da terra,
urtando sparì dalla vista.

Entrambe le due ragazze la seguirò nell'oscurità, ma
la cattiva conoscendo il Castello scomparse in un tunnel tridimensionale,e le ragazze ne persero le tracce.

Sophie:Come facciamo adesso a uscire, Non possiamo cercarla per l'eternità!

Aurora: Teletrasportiamo ci verso la luce!

Sophie:Non possiamo tornare indietro hai detto tu!

Aurora:Attraversare questi tunnel ci rende deboli, può
provocare dei danni al nostro potere! Rischiamo di
cadere in una sua trappola!

Sophie:Dammi la mano, ti porto via da qui!

così si trovarono fuori, all'aria aperta, Metropoli

nei pressi della città.

Sophie:Saluta Aurora con un abbraccio caloroso promettendole che si sarebbero riviste, quindi si alzò in volo, lasciando dietro di sé, in cielo una scia bianca.

Aurora decise di andare a far visita ai genitori.
Diventa invisibile,attraversa la porta di casa si trova di fronte il professore è il padre che parla della morte della madre in un incidente d'auto.

Si materializza e piangendo corre dal padre e lo abbraccia: Perché è successo proprio a mia madre, non ci credo!!!

Sam Cluny: purtroppo figlia mia ci dobbiamo rassegnare, la mamma non c'è più! Resterà nei nostri ricordi per Sempre!

Aurora: Papà chi è questo signore?

Mi presento! Sono l'ex professore insegnante di parapsicologia della scienza occulta!
Insegnavo nell'Università che ha frequentato tuo padre!

Aurora:Adesso mi ricordo di lei!

Professore:Mi fa piacere rivederla!

Il padre:Sei sparita da anni dove sei stata?

Aurora: Racconta la storia della regina e del mondo incantato parallelo alla terra.

l'indomani mattina Sam e Aurora si recano al cimitero vestiti di bianco e visitano la tomba in marmo della madre con la scritta: qui giace Janet Cluny nata il 7.8.2070 deceduta il 5.5.2100

Il padre lascia la figlia sola e si siede in una panchina.

Aurora pensa:Mamma quanto mi manchi! Dove troverò una madre premurosa, gentile, affettuoso, mi manchi tanto! Come vorrei che fossi qui con noi!

La defunta gli appare dinanzi vestita di bianco con un sorriso smagliante parla alla figlia:Il tuo dono è tale che mi ha spinto a presentarmi davanti a te. Figlia non piangere per me! Io ti sarò vicino fino ai tempi a venire non preoccuparti, tu sei chiamata a compiere gesta eroiche,Dovrai salvare mondo parallelo è il nostro!

Aurora: Mamma non so da dove iniziare a cercare la malvagia regina indicami tu il cammino!

Madre:Figlia mia non possiamo comunicare con gli esseri viventi, è una regola dettata dal regno dei cieli ti svelerò però un segreto: Troverai la donna malva-

gia rivestita del potere cosmico tenebroso nel mondo incantato! Nella Dimensione parallela!
Lì si è costruita una nuova dimora! , la troverai!

Aurora:Grazie mamma!

La madre:Mi spiace ma il mio tempo è scaduto! Mi stanno chiamando! Addio figlia mia, abbi cura di te, Sempre!

Aurora tristemente:Che tu possa riposare in pace!Addio!

Il padre si avvicina:Cosa ti ha detto mamma?
Anch'io parlavo con le anime prima che trasferissi il mio potere a te!

Aurora:Mi ha svelato dove posso trovare la regina del male!

Padre:Capisco! Ti ha detto sicuramente ciò che è giusto!
Alla tua prossima missione voglio partecipare, anche da mortale, quale sono!

Aurora certo papà Verrai con me!

Padre: adesso però desidero che tu mi porti in volo a casa così ti preparo una gustosa cena!

Aurora:Come vuoi papà arriveremo in un batter d'occhio!

La ragazza prese la mano del padre e insieme lievitarono lentamente da terra fino a salire nel cielo, e sorvolano la città.

videro un grattacielo, il Bar al quarantesimo piano,dove si manifestò per la prima volta il mio potere perduto.

Aurora se vuoi padre posso donarti delle capacità per renderti nuovamente felice! Padre: non così come sto va bene!
Aurora: ok! Preferisce rimanere così, accetto il tuo volere!
Stavano per arrivare a casa, ormai il sole stava tramontando e arrivando nei pressi del loro quartiere intravedono una macchina volante della polizia e vigili del fuoco
La loro casa bruciava nelle fiamme.

Padre:Chi può aver fatto una cosa simile?
Aurora:Provo a concentrarmi, tornerò un paio d'ore indietro nel tempo così da scoprire cosa sia accaduto!

come un nastro di un film che a ritroso avvolge la pellicola, Aurora arriva all'immagine in cui le formiche scavando, emergono dalla terra proprio a casa loro, lanciando dalle antenne lampi elettrici che in secondi avvolgono abitazione in fiamme.

Senza lasciare traccia tornano dalla terra da dove sono arrivate, sparendo.
Aurora:Adesso so chi è stato padre la regina nera si è vendicata, e ha mandato le sue truppe!

Padre:Spiegati meglio!
Aurora:Padre debbo andare!

Padre:Vengo con te!

Aurora:No, è rischioso, per entrambi!

Padre:Mi Sembri tua madre che si preoccupava per tutto!...Ho deciso non ti lascerò da sola, stare qui ad aspettare, mi fa invecchiare troppo in fretta!

Aurora:Mi arrendo va bene, adesso ci teletrasporteremo nel luogo incantato.

Così approdarono in un villaggio, ma ahimè anche quello distrutto dalle fiamme.

Aurora concentrandosi, riesce a vedere nel passato e capì che era opera delle formiche.

E che i pochi superstiti riusciti a scappare verso sud, avevano costruito nuove capanne altrove.

Aurora si teletrasporta, apparendo dinanzi la Tribo superstite, si rivolge al capo del gruppo chiedendo di poter lasciare loro in custodia suo padre, per un paio di giorni. Intenzionata a catturare la regina, promette di tornare vincitrice è pronta ad aiutarli a costruire le loro case.

La pietra cosmica le comunica: "Pensa acciò che ha detto tua madre!"
Concentrati, pensa alla foresta oscura!
Con la forza del pensiero sparisce e il corpo della nostra eroina si ricompone in un viale alberato con garofani e tulipani neri, alberi

più grigio ripugnante piante secche che danno i brividi,stormi di avvoltoi coprono il cielo.

Gli uccelli rapaci scendono in picchiata attaccano Aurora, ma le ferite della ragazza si cicatrizzano all'istante.

Tra le nuvole sopra la testa della ragazza si ode una voce maliziosa:Bene Aurora vedo che non porti alcuna ferita nel tuo corpo! Per cui voglio mostrarmi a te, nelle mie Sambianze reali!

gli avvoltoi iniziano a girare nel cielo formano un cerchio Sempre più stretto, compatto fino a formare un volto cicatrizzante, ripugnante e la testa ovale con

gli occhi rotondi scuri della regina nera:Sei pronta per
andare nell'aldilà, per incontrare ancora tua madre?

Aurora:Mi dispiace per te ma ho altri impegni!

Così lancia una prima scintilla che oltrepassa il volto
Emi
La regina:Bene! A quanto vedo ne hai di coraggio a
Sfidarmi!

Aurora:Questo è niente, adesso vedrai! Ordino che la
forma spettrale dell'essere prenda la sua forma origi-
nale.

Emi riprese le sue Sembianze naturali:ricoperta di
fuoco,Mantello e cappuccio nero occhi rossi , scese in
picchiata colpendo con tutta la sua forza Aurora che
la scaraventò lontana, lasciando un'apertura lungo la
strada di pietre.

Aurora Stordita si rialzò pronunciando:Chiedo soc-
corso alla natura che un uragano in prigioni la regina
nera!

Emi inizio a girare nel vortice che la rinchiude,
si apre un varco e viene risucchiata , fuori dalla foresta oscura in un mondo chiamato limbo dove ogni
creatura pericolosa,specie di varie forme proveniente
dalle galassie remote, castigate in eterno senza alcuna
via di fuga dal cosmo(Dio).

Aurora torna dal gruppetto che aiuta gli abitanti, ricorre grande potere a ricostruire il villaggio dalle macerie riportando il paese allo stato iniziale. Gli abitanti pieni di gioia e felicità

Gridano:Evviva la nostra salvatrice!!! Brava!!!

Così Aurora è il padre diedero gli ultimi saluti ai cittadini di Justin creando nel cielo un cuore di nuvole sparirono ad alta velocità dalla vista della gente.

Metropoli dei pompieri stavano soccorrendo delle persone in pericolo al dodicesimo piano, la scala si blocca al nono piano.

Aurora ebbe una visione dell'accaduto, si teletrasportò e apparve nel posto ricoperta di un velo invisibile per non farsi notare.
Entro volando,oltrepassando la finestra e attraversando le fiamme, prese con le due mani lentamente il bambino e si presentò alla
madre:Non abbiate timore! Io vi salverò!

Le due apparsero,in pianterreno sane e salve, vicino a un pompiere.

Aurora:Datemi due tovaglie bagnate! Copriamo queste poverelle!

Il Pompiere come hai fatto a scendere così in fretta le scale!

Aurora:Mistero un giorno se ci rincontreremo te lo dirò!

L'ambulanza volante atterra davanti i due feriti, madre e figlia di due anni, ricoverando le in ospedale di urgenza.

Nella clinica il dottore di turno si avvicina alla madre cosa fosse accaduto!

La signora risponde:Una luce accecante prese la mano di mia figlia e la mia, all'istante mi trovai fuori dall'edificio!

Dottore:Cosa intende, forse avuto delle allucinazioni causate dal fumo e dall'alcol, l'importante che siete salve!
un giorno massimo di riabilitazione! riacquisterete le forze!
Adesso vi lascio! Che ho altri pazienti più gravi da visitare ci rivedremo domani!

Il dottore chiude la porta e va via. La signora pensa ad alta voce non so chi tu sia, ma grazie di averci salvato la vita!

Nel frattempo Sam invecchia e tutto Sembra normale in Metropoli Aurora visita il nonno e papà ricordandosi le disavventure passate.
Sono trascorsi tanti anni la ragazza ormai ventenne , prova a condurre una vita regolare senza ricorrere ai suoi poteri.

Cerca lavoro in un negozio di antiquariato e viene assunta a tempo pieno. Il proprietario in realtà uno stregone della vecchia scuola di magia nera della Cabala sapeva della ragazza e il suo segreto.
Tramite uno specchio antico , vedeva i fatti sia attuali che futuri e aspettava con pazienza di possedere i poteri di Aurora.
Come tutte le mattine, si reca al lavoro entra nel negozio e va dietro il tavolo.
Il primo cliente un'anziana le domanda il costo di un antico libro e Aurora gentilmente risponde:2000 crediti!

Anziana:Avete anche dei bei vasi dipinti a mano?

Aurora:Ecco guardi sono di argilla risalgono alla dinastia Yuan!

Anziana:Ti racconto una leggenda riguardo a questi vasi antichi, rimarrai stupefatta ragazzina!

Tanto tempo fa la regina della dinastia Yuan per amore , fece un patto con un demone "chi avesse posseduto il vaso antico per un giorno intero, a casa sua, sarebbe stato risucchiato per Sempre all'interno è liberato da uno stregone, così che lui potesse acquisirne l'essenza dell'anima. Per ampliare la sua forza oscura.

Beh del resto bambina mia è Leggenda!

Aurora:Credo che ci sia un fondo di verità!vuole comprare il pezzo?

Anziana:Forse non hai seguito il discorso, preferisco di no, domani vengo con il furgone di mio nipote porto via quel tavolo di castagno! Decorato di fiori. Arrivederci signorina!

Aurora: allora a domani.

La campanella della porta suona ed entra il vecchio datore di lavoro:

Il datore:Ciao Aurora?

Aurora:Una signora ha prenotato questo tavolo antico!
Datore:Bene vedo che prendi seriamente il tuo lavoro , perciò ti voglio fare un regalo!

Aurora:Ma si figuri lei non mi deve niente! Soltanto lo stipendio mensile, altro non chiedo, grazie lo stesso!

Datore:Insisto questo è uno dei tre vasi antichi prendilo é tuo!

Aurora:Ok! stasera a chiusura del negozio lo porto con me!
Datore:Adesso Visto che tutto è a posto, vai a casa e ci vediamo domani, Sempre alla stessa ora mi raccomando!

Aurora:Ci può contare,le auguro una buona giornata!

Datore con sguardo penetrante osserva per un attimo Aurora uscire dal negozio.

Aurora riflette e pensa alla signora che diceva che il vaso imprigiona l'anima e la sua assenza.
Non posso crederci! Il mio datore può essere un mago uno stregone, qualcosa del genere!
devo indagare sul suo conto per scoprire realmente chi sia!

Si guarda attorno e come per magia sparisce e riappare nella casa del Padre.

Sam:Allora signorinella com'è andato il primo giorno di lavoro?

Aurora:Abbastanza bene!

Le 7:00 del mattino seguente, Aurora si pulisce e si asciuga il viso con l'asciugamano poi rivolta al padre:Papà prendo la tua borsa in prestito te la restituisco oggi pomeriggio!

Sam:Dove vai così di fretta hai un appuntamento?

Aurora:No vado in biblioteca!

Padre:Cuore mio a stasera!

Stanca di usare il dono , si avvicina alle cabine tele trasportatrici e in un battibaleno si ritrova davanti la biblioteca comunale.
Bibliotecario:Prego signorina posso esserle di aiuto?
Cerca qualche libro in particolare!

Aurora:A dire il vero ho una preferenza!
Sa dirmi in quale reparto si trova la storia di antiquariato vasi e antichi?

Bibliotecario:Certamente vada destra e troverà la lettera A!
Per qualsiasi altra informazione, sono a sua disposizione!

Aurora: Lettera C lettera B lettera A. Trovati!

Inizia a prendere tutti i libri che parlano di storia dell'arte antica e oggetti d'epoca.

Sfoglia il primo libro a mano, dopodiché stufa della sua lentezza, si alza con tutti i manoscritti e si siede fuori l'atrio in un angolo isolato, dove nessuno la possa vedere.

Ricorre al potere mette i libri posizionati uno accanto all'altro e per magia, contemporaneamente si sfogliano a velocità elevata, tra cui un libro in particolare, si ferma su una pagina con la figura di un vaso di argilla.

Aurora pensa: "Ecco, l'ho trovato" è lui la storia coincide alla descrizione della simpatica anziana"!

Quindi tre sono i miei pensieri sospetti:i il mio datore di lavoro è un mago, uno stregone o un demone credo proprio che il suo interesse per me l'assunzione al negozio , erano solo volte a catturare la mia anima, risucchiando le tutta l'essenza!

Farò finta di niente, oggi andrò a lavorare come se non fossi a conoscenza del fatto!

Aurora attraversa a ritroso il corridoio della biblioteca fino ad arrivare all'uscita.
Destino vuole che incontri e scontri con un ragazzo, a quale cadono a terra tutti i libri che recava in braccio.

La ragazza:Oh scusami, non ti avevo visto, come sono distratta!

Bibliotecario:Non importa adesso li raccolgo, ma per farti perdonare dovrai accompagnarmi a un picnic tra amici, stasera al lago ore 16 ecco questo è l'indirizzo Boulevard suite 12 B!

Aurora:Ci stai provando con me!

Bibliotecario:Al dire il vero sei in debito signorina con il sottoscritto!

Aurora:Ah Ok! Mi hai convinto stasera verrò a tuo picnic!

Bibliotecario:Allora a dopo ci conto!

Essendo vicino al posto di lavoro la fanciulla impiega solo dieci minuti ad arrivare in negozio, aperto dalle 9:00 fino alle 16:00
Avendo le chiavi apre la porta il campanello suona entra si ferma e osserva il famoso vaso.

Nello stesso momento arriva anche il proprietario il suo nome Tribo originario dell'Africa del Sud, precisamente del Congo'

Aurora:Salve Signor Tribo

Tribo:Novità?

Aurora:Nessuna Signore.

Datore:Si siede nel suo ufficio e ad alta voce domanda Come mai non ti sei portata via il vaso?
Vedo che è rimasto al suo posto!

Aurora:Ho una domanda da farle?

perché non rimane mai più di un'ora in negozio per caso ha un'attività extra da svolgere?

Il datore con aria nauseata risponde:Senti ragazzina se vuoi continuare a lavorare con me cerca di non farmi troppe domande!
La riservatezza è importante per me!
Quando qualcuno ti regala qualcosa, accetta!
te lo do come consiglio personale!

In quel preciso istante ad Aurora viene un'idea, si avvicina all'ufficio dove era seduto il signor Tribo e con un gesto della mano lo addormenta; la sua testa crolla sul tavolo e la ragazza gli legge la mente.

Dalle immagini nascoste della profondità della sua memoria, capisce la sua malvagità e scopre che brava la conquista del suo potere, dopo osserva uno specchio antico e che da anni e il suo chiodo fisso.

Acquisire il potere di Aurora grande e immenso, per lui piccolo stregone immortale.
Ma all'improvviso nel sonno Tribo si sveglia di scatto con la mano della ragazza appoggiata sulla testa ed esclama:Ragazzina!
Toglimi le mani di dosso!

Ti sei permessa di leggere la mia mente, adesso sai la verità ti ho vista nella mia memoria!
adesso entrerai nel vaso con la forza!

Aurora:Non voglio farti del male, anche se lo meriteresti, per il tuo egoismo desiderio di potere!
Non ti basta quel poco che hai Ma ne vorresti Sempre di più!

Già preparato da anni a questo momento,Tribo apri il cassetto, ne estrae un libro e velocemente legge una formula occulta: nel nome di Amor io ti invoco!
impossessati della ragazza qui presente e inseriscila all'interno del vaso!

il coperchio si apre il demone esce come il genio della lampada prende con forza la vittima e se la porta con sè, risucchiandola nel vaso.

Aurora:Aiuto! Aiuto! qualcuno riesce a sentirmi!

Tribo:Ragazza piangi e urla quanto vuoi! Nessuno ti potrà sentire tranne io che ti ho imprigionata!

Nella luna piena del solstizio il vaso si aprirà e il demone consegnerà a me la tua anima, io finalmente acquisirò tutto il tuo potere!

Nel frattempo Aurora durante la notte scaccia combatte il demone che cerca di entrare dentro di lei.
L'alba si avvicina Il sole sta sorgendo. Aurora telepaticamente chiede aiuto, contatta una delle tre sorelle
Sophie: aiutami,ti prego, sono intrappolata in un vaso!
Liberatemi mi trovo all'interno di un negozio che si chiama 'il mondo dell'antiquariato'!

Sophie:Arrivo subito! Illuminati così potrò vedere l'oggetto in cui sei rinchiusa!

Sophie In un lampo si materializza nel negozio: dove sei?
Aurora:Sono qui!

Sophie si avvicina al vaso dimmi:Cosa devo fare per liberarti Aurora!!!

Aurora:Apri il vaso, poi allontanati, ed io uscirò!

Sophie:Ok ci provo!

L'amica scoperchia il vaso un fumo nero materializza Aurora e allo stesso tempo il demone con voce sorridente acuta:Goditi il giorno fin quando puoi tanto sei mia!

Detto questo Sparisce tra la nebbia, lasciando Le ragazze in pace.

Le due maghe del cosmo escono dal l'antiquariato, lasciando la porta aperta.

la mattina seguente aspettano fuori il negozio.

Lo stregone si avvicina alla porta viene bloccato dalle due ragazze.

Aurora:Dove credi di andare?

Stregone:Come hai fatto a liberarti?

Sophie:Per il tuo bene è meglio che ascolti la mia amica!

Aurora con gesto delle dita smaterializza, incenerisce il libro è il vaso e poi
esclama:Adesso Non hai nulla con cui tu possa fare del male al prossimo!

Sophie:Questa è l'ultima volta che sentiamo il tuo nome della lista dei malvagi! Fai una vita serena e dedicati alla tua famiglia non praticare più la magia occulta!

Aurora:Ti vorrei dare una lezione!

Sophie:No risparmialo!

Lo stregone pentito:Vi chiedo perdono, sono stato accecato dallo specchio maledetto!
Che mi ha reso pericoloso!
ma da ora in poi cercherò di portare avanti la mia attività senza dare alcun fastidio!

Aurora:Lo spero per te!
Non sprecare la possibilità di essere Un cittadino libero!

Sophie:Bene il pericolo è finito Credo che andrò a visitare le mie sorelle e dopo la mia famiglia!

Abbraccio Aurora e svanì.

Aurora prese la sua bici posteggiata in un angolo della strada e torno a casa.

La ragazza esce per una passeggiata e incontra per caso il bibliotecario.

John:Chi si rivede quella che manca agli appuntamenti.

Ci riprovo che ne dici di incontrarci domani per le
15:00

Aurora: Ok!

Passo di di qui andiamo in un bel posto romantico che
io conosco, magari potremmo parlare e conoscerci.

La ragazza gli diede la mano salutandolo con un sorriso.
Prende il taxi Spid volante e torna a casa dal padre.

mattino colazione latte,biscotti e spremuta di arancia.

Si alza in volo e sbatte contro dei gabbiani:Scusate
non volevo!!!

A velocità rapida nel traffico delle macchine un con-
ducente rimani a bocca aperta ad osservala.
Si teletrasporta e in un batter d'occhio a terra per incontrare John:Non mi hai detto ancora il tuo nome!

Aurora:io mi chiamo Aurora!

Aurora: e tu?

John Culligan!..
Andiamo al bar qui vicino!
Offro io s'intende!

John:Dimenticavo tra un po' dovrò andare al lavoro, che ne dici di vederci domani?

Aurora:Va bene alle 16:00 qui davanti al bar.

John:Ci sarò

Aurora:Ciao è puntuale mi raccomando.

John:Non fare mai aspettare una ragazza come te.

Aurora:Conoscerai molti aspetti che ti meraviglieranno!

John:A domani!

Fú notte, il cielo era stellato con la luna a metà e John si diresse a casa a piedi perché abitava dietro l'angolo della strada.

La ragazza andò nel garage automatizzato, prese la sua macchina e si alza al cielo in un attimo si recò nuovamente dal padre sdraiato in terrazza che piangeva.

Aurora:Papà non c'è da versare le lacrime, la mamma dove si trova adesso sarà molto meglio che in questo mondo!
Il papà:Bambina mia sai che io l'amavo tantissimo! Donne come lei ne esistono poche!

Certamente tu rimani la mia principessa!

Aurora si avvicina al padre e lo abbraccia accarezzandolo mentre il vento soffiava avvolgendo i due con un armonioso canto.
Si fece giorno gli uccelli cinguettavano, il gatto appena vede Aurora inizio miagolare, lei accarezza la bestiolina con gli occhi verdi e si recò al supermercato a far la spesa.
Prese il carrello e inizio dal reparto frutta e mentre prendeva il sacchettino di arance di fronte per puro caso si trovava una della quattro sorelle di Emi.

Jenny la maggiore: anche tu fai la spesa?

Aurora:Non lo vedi!

Jenny:Che ne dici se stasera vieni da noi è il compleanno di mia sorella Betty!

Aurora:Beh sono impegnata ho un appuntamento con un ragazzo!

Jenny:Peccato sarà per la prossima volta, vado alla cassa ci vediamo!

Aurora:Salutami le tue sorelle!

Conclusa la spesa il suo carrello era pieno, messo tutto nei sacchettini prese la macchina volante e si dirige a casa.

Posò le buste, e guardando l'orologio posto sulla parete, vide che erano le 15:30

Il papà:Ciao piccola mia principessa.

Aurora:Papà ho poco tempo devo andare!

Papà:Vai Sempre di fretta? Non ci sei mai in casa!

Aurora:Ti spiegherò tutto quando torno!

Papà: Capisco, ti conosco bene hai un appuntamento vero?

Aurora:Sì, con un ragazzo che incontro stasera, ciao Papi
Era tardi così decide di usare il potere La ragazza con uno scatto rapido si alza nel cielo e un'energia l'avvolge, sparisce riapparendo di fronte al bar.

John:Sei bella davvero!
comunque vogliamo andare!

Aurora:Si certo!

Si siedono e ordinano da bere.

Il robot cameriere si avvicina ai ragazzi: ¶ Signori ¶ cosa ¶ posso ¶ portarvi? ¶

John:Prima le donne!

Aurora:Una cola Alla liquirizia!

John:Per me una spremuta di pompelmo,con ghiaccio.

Robot: ¶ Bene ¶ signori ¶ la vostra ¶ ordinazione ¶ arriverà a breve.¶

Le finestra del bar si spalancano entra un fortissimo vento.

E la porta esplode.

Il robot va in corto circuito: signoríii , state ai vostri posti i soccorsi arriv...E si spegne.

Aurora si alza dalla sedia di scatto esce fuori corren-do, John la segue.

vedono dinanzi a loro una nebbia oscura e sentono una voce che rimbombando dice: io sono l'oscurità il nulla, la malvagità assoluta. ti sfido!

La nebbia si dirada lasciando intravedere la malvagia Emi!

John impaurito: Che succede chi è questa matta vestita di nero nell'aria?

Aurora:Si tratta di una lunga storia ma questo non è il momento giusto per raccontartela!

John:Sapevo che c'era qualcosa di speciale in te!
Aurora:Ti ripeto adesso non c'è tempo per le spiegazioni!
John: Ok!
come vuoi tu!
Emi:Sono stanca delle vostre chiacchiere, Sembrate due novellini innamorati!
Che brutta parola, Adesso a noi due!
La sovrana del male, ordina che l'oscurità vi inghiottisca!

Ma Aurora tocco la spalla del futuro fidanzato, tele trasportandolo a casa sua.

John:Strano mi trovo nuovamente al bar,un giorno mi dovrà dare una spiegazione!
Chi è veramente!

Tornando alle due maghe del cosmo.

Aurora scaraventa con la mano un raggio di energia che Emi riesce a schivare.

Alzando entrambi le mani al cielo produce un grande ciclone.
Contro la malvagia, imprigionandola, ma lei si libera e fugge dicendo:Vedo che sei più forte di quanto pensassi, ragazzine ma il peggiore deve ancora arrivare!

Emi:Con l'aiuto del Signore Oscuro io ti distruggerò!

Emi scompare così il ciclone svanisce lentamente.

Aurora riflette e ad alta voce:Devo scoprire dove si nasconde imprigionarla, sconfiggerla una volta per tutte!
Non gli permetterò di schiavizzare il mondo!

lasciando una scia nel cielo sì dirige a casa dalle sorelle di Emi.
Atterra davanti la fattoria.

Betty:Chi si rivede la potente del cosmo.

Jenny:Al compleanno non sei venuta, non me la prendo per questa volta!

Aurora:Abbiamo un grande problema da risolvere!
Betty:Immagino, mia sorella è tornata?
Si è liberata dal buco scuro nel quale era stata imprigionata!
Aurora come fai a saperlo?

Sophie:Mia sorella ha il potere della chiaroveggenza da mesi prevede il futuro non lo sapevi?

Aurora no a dire il vero!

Betty:Ho provato a identificare la posizione ma una forza sconosciuta mi vieta di prevedere, esiste comunque un modo per trovarla "la montagna degli spiriti antichi"
hanno la risposta!

Jenny:Ho sentito anch'io parlare dei guardiani dei quattro elementi, alcuni li chiamano spiriti protettivi del nostro pianeta Terra!

Betty:Che ne dici di dormire da noi questa sera Aurora,domani andremo Tutti insieme!

Aurora:Accetto!

Jenny:Come ai vecchi tempi le quattro maghe del cosmo riunite.

Betty:É quasi mezzanotte che ne dite di riposare,come ho già detto vi porto io!
Buonanotte!

Jenny:notte sorellina.

Le ragazze vanno a letto una alla volta spengono le lampade, per ultima Aurora si mise sotto le coperte.

Il Mattino la sveglia di Aurora suona, sì veste e scende le scale a chiocciola, si siede nel tavolo e osserva Betty che fa colazione con la caraffa sospesa in aria che le serve il latte.

Aurora le dice:Buongiorno! vedo che hai fatto molta pratica con la lievitazione degli oggetti!

Betty:Sbrigatevi,dobbiamo partire!

Sophie:Tra poco si parte per una esilarante avventura sono emozionata!

Betty:Siete pronte ad andare!

Jenny:bevi il latte veloce! Stiamo aspettando te!

Sophie::Arrivo!

Così le ragazze presero in mezzo volante è andato nella grande montagna di ghiaccio.
Scesero lentamente e posteggiato il veicolo a curvatura nel prato.

Betty:Bene siamo arrivate a destinazione da ora in poi Divieto di usare i nostri poteri per qualsiasi scopo!

I Guardiani amano la purezza e umiltà, perciò atteniamoci alle leggi sacre!

Sophie:Eccoci allora cosa si fa?

Betty:Salire in quel sentiero ci porta dirette in cima!

Aurora:Ma la strada della montagna è lunga c'è un altro modo di arrivare?

Betty:No dobbiamo incamminarci a piedi e percorrere quel sentiero!

Sophie:Ma non c'è pericolo che precipitiamo giù?

Aurora:Tenetevi per mano si può scivolare il terreno non è stabile!

Jenny:Facci strada, tu sai dov'è?

Betty:É ovvio se no, non saremmo qui!

Le quattro ragazze si avvicinavano Sempre di più alla metà tra lasciandosi dietro la nebbia che offuscava il loro sguardo.
Dopo tanto cammino arrivarono a destinazione.

Vi era una cristallina di ghiaccio sotto i loro piedi che pian piano illuminava e loro volti.

Betty:Ci troviamo nel punto esatto e al di sotto vi sono i guardiani, custode della terra!
Che dovremmo invocare,chiamare a noi, siete pronte!

Tutte contemporaneamente dissero:Sì!

Betty:Allora iniziamo con il vecchio rito!
Tutte insieme in coro pronunciamo:Spiriti, Guardiani della Terra, custode dei segreti Infiniti, venite a noi con la vostra presenza,svelate ciò che è nascosto!

Appena pronunciata la formula un rosso fuoco, bianco come la luce, nera come la terra è trasparente come l'acqua limpida sale,davanti ai loro occhi, appaiono i quattro elementi.
Guardiani con voci Ad eco:Spero, che ci abbiate chiamati per una giusta causa!!!

Dunque risponderemo alle vostre domande!!!
Siete stato oneste ha non utilizzare il vostro grande potere!
Per cui meritate da comuni mortali delle risposte! Chiedete!

Betty:Dai Aurora fa una domanda!

Aurora:Vi chiedo dove dimora la malvagia Emi? Dove si nasconde?

Il Guardiano dell'aria risponde:Colei che cercate non è nel nostro mondo, ma si trova ai confini dell'universo in un pianeta della costellazione dell'Orione!

Betty:É troppo distante credo miliardi di anni luce dalla nostra terra come ci arriveremo?

Guardiano del fuoco risponde:Dovete creare un passaggio spazio tempo entrare nel suo interno!per tutto ciò servirà la volontà di tutte voi quattro insieme!

Provocherete abbastanza energia cosmica , da aprire il varco Dall'altra parte dell'universo!

Guardiano della terra:Ma attenzione quanto vi troverete di dinanzi il pianeta oscuro vi attende, colui che lo governa il dio Orione!
Aurora:Grazie spiriti e guardiani della terra!
Noi ci concediamo!
pregandomi di ritornare da dove provenite e continuare il vostro prezioso e unico lavoro!

Betty:Forza ragazze mettiamoci in cammino abbiamo le risposte!

Sophie lamentandosi:Perfetto! di nuovo al punto di partenza!

Jenny:Possiamo usare il nostro potere e teletrasportarsi Giù!

Betty:Per rispetto dei Guardiani, scendiamo senza usufruire del dono!

Sophie:Bene ci tocca tornare ancora a piedi, che bello!

Betty:Sempre a piagnucolare e lamentarti!

Aurora:Dai ragazze smettetela con un po' di volontà in breve tempo scenderemo!

Arrivati ai piedi della montagna, salirono nell'auto che avevo posteggiato,
Betty alla guida, partirono per un'altra entusiasmante avventura.

Finito di stampare nel mese di Dicembre 2016
per conto di Youcanprint *Self-Publishing*